AF394907

BAJAZET PREMIER,

TRAGÉDIE.

Par Monsieur le Chevalier de P***.

Représentée pour la premiere fois, le Jeudy sixiéme Août 1739. sur le Théatre de la Comédie Françoise.

Le prix est de vingt-quatre sols.

A PARIS,

Chez PRAULT fils, Quai de Conty, vis-à-vis la Descente du Pont-Neuf, à la Charité.

M. D. CC. XXXIX.

Avec Approbation & Privilége du Roi.

PREFACE.

J'ETOIS fort jeune, & je ne connoissois encore les ouvrages de Théatre que par la lecture, lorsque me trouvant presque seul à la campagne, il me prit envie d'essaïer quelques Scénes pour me défennuïer. Le Roman de Madame de Villedieu, intitulé *Astérie ou Tamerlan*, m'offrit un sujet. En peu de jours le premier Acte fut fini. Cette facilité m'encouragea. Je me hâtai de passer au second : enfin cet ouvrage fut le fruit de deux mois d'oisiveté, & se trouva tel à peu près qu'il est aujourd'hui, avant que j'eusse songé sérieusement à le composer. Une Tragédie ainsi faite au hazard & sans réflexion, ne me parut pas mériter d'être présentée au Public ; mais, ayant été lûe à quelques hommes célébres par leur esprit, & par la justesse de leur goût, ils en conçûrent, & m'en inspirerent une opinion plus avantageuse : Voilà ce qui a tiré Bajazet premier de l'obscu-

rité où je le retenois depuis si long-temps. A peine cette
Piéce a-t-elle été annoncée, que la cabale s'est déchaî-
née contr'elle avec fureur ; passe encore, si l'on en eût
porté ce jugement après les représentations ; mais tout
le monde assuroit qu'elle étoit mauvaise, avant que per-
sonne l'eût entendue. Malgré ces dispositions, que la
malignité, ou, si l'on veut, une basse jalousie avoit
pris soin de préparer, les gens sensés sont entrés dans
le détail. On m'a fait des objections dont plusieurs
m'ont paru judicieuses ; d'autres ne m'ont pas per-
suadé. Par exemple, on demande pourquoi Astérie, qui reconnoît, au troisiéme Acte, qu'elle a eu
tort de soupçonner la fidelité d'Andronic, n'a point
avec ce Prince une de ces Scénes tendres, délicates, in-
téressantes, & filées avec cet art enchanteur que nos
Tragiques modernes sçavent si bien emploïer ? Voici
ma réponse : La bienséance ne le permet pas. Le glaive
est suspendu sur la tête de Bajazet ; Astérie est déchirée
par des pressentimens cruels, qui lui font regarder comme inévitable la perte d'un pere malheureux. Quelle si-
tuation pour parler d'amour ! Si la passion subsiste, elle
doit au moins se taire dans de pareilles circonstances.
Mais, m'a-t-on dit encore, c'est à ce sentiment que
toutes nos Tragédies doivent aujourd'hui leur succès ; c'est l'Amour seul qui y fait verser tant de larmes.

Hé, quoi! La Nature a-t-elle perdu tous ses droits?
Non; & j'ai eu la satisfaction d'apercevoir (dans les
secondes Loges) de jeunes personnes qui croïent encore de bonne foi que l'on peut s'attendrir sur les malheurs
de sa famille : Cependant j'ai jugé à propos d'interrom-
pre les représentations; mais ce n'est point, comme on
l'a déja publié, par le chagrin de les voir mal executées.
Tous les Acteurs s'y sont prêtés de bonne grace. Celui
qui a représenté Tamerlan, n'auroit rien laissé à desirer,
s'il étoit un peu plus dans l'habitude de faire ces sortes
de Personnages. A l'égard du Rolle d'Astérie, je ne
crois pas qu'il pût être en meilleures mains.

Il me reste un mot à dire sur la mort de Bajazet, qui
souleva tout le Parterre. J'avoue que je ne m'étois pas
attendu à voir attaquer ce morceau, l'un de ceux dont
j'étois le plus satisfait. Le terme de *Grace*, dont se sert
Tamerlan, m'avoit paru suffisant pour révolter Bajazet
au point de ne répondre que ces paroles : *Et moi je la
refuse*. Mais, comme on ne doit pas décider dans sa
propre cause, je me rendis. J'envoïai le lendemain à
l'Acteur chargé du rôle de Bajazet, les quatre vers qui
ont été entendus dans les dernieres représentations, &
dont il auroit fait usage dès la seconde, si Monsieur de
Fontenelle ne lui eût fait dire qu'il ne comprenoit pas
ce qui avoit excité la mauvaise humeur du Public; que

cet endroit l'avoit frappé ; & que s'il étoit l'Auteur de
la Piéce nouvelle, il n'y changeroit rien. Le sentiment
d'un homme de cette réputation l'emporta dans mon
esprit sur celui de la multitude ; & si j'ai souffert depuis,
qu'on n'y ait pas eu tout l'égard qu'il mérite, je déclare
que c'est à regret, comme on le connoîtra par l'impression : cependant, s'il se rencontroit des lecteurs qui
souhaitassent de voir les vers dont il s'agit, ils les trou-
veront à la fin de cet Ouvrage.

APPROBATION.

J'Ai lû, par ordre de Monseigneur le Chancelier, une Tragédie qui a pour Titre *Bajazet Premier*, *par M. le Chevalier de P*.... & je crois qu'on peut en permettre l'impression.
Ce 18. Août 1739. *Signé*, CREBILLON.

BAJAZET PREMIER.

TRAGÉDIE.

ACTEURS.

TAMERLAN, Empereur des
Tartares.   *Mr. le Grand.*

BAJAZET PREMIER, Empe-
reur des Turcs, fait prisonnier
par Tamerlan.   *Mr. Sarrazin.*

ASTE'RIE, Fille de Bazajet.   *Mlle. Dumefnil.*

ANDRONIC, Fils d'Emanuël,
Empereur de Grece.   *Mr. Grandval.*

ODMAR, Officier de Tamerlan.   *M. de la Torilliére.*

ZAIDE, Confidente d'Aftérie.   *Mlle. Jouvenot.*

ARCAS, Confident d'Andronic.   *Mr. Fierville.*

GARDES.

*La Scene eft à Samarcande dans le Palais de
Tamerlan.*

BAJAZET PREMIER.

TRAGÉDIE.

ACTE PREMIER.
SCENE PREMIERE.

BAJAZET, ODMAR, GARDES.

ODMAR.

'EST ici que bien-tôt l'Empereur doit se
rendre.
Il vous ordonne....

BAJAZET.

Allez ; il pourra me l'apprendre.

A ij

SCENE II.

BAJAZET, GARDES.

BAJAZET.

TAmerlan veut me voir ! Quel objet odieux !
Quel spectacle ! Un Vainqueur va s'offrir à mes yeux.
Un Vainqueur ! Bajazet en devoit-il connoître ?
Je suis Esclave enfin, & je vais voir mon Maître.
Ciel ! Ai-je mérité ton éternel courroux ?
Et veux-tu sur moi seul rassembler tous tes coups ?
Mon bras victorieux plus craint que le Tonnerre,
Chez vingt Peuples divers avoit porté la Guerre,
Et du bruit de mon Nom l'Univers étonné,
A l'asservir entier me croïoit destiné :
Je le pensois moi-même. O Tombeau de ma gloire !
O jour, où je me vis arracher la Victoire !
Abandonné, trahi par de lâches Soldats,
Il ne me restoit plus que mon cœur & mon bras ;
Sans le Sort qui m'accable, ils suffisoient peut-être.
Qui fut toûjours Vainqueur, croit devoir toûjours l'être.
Vain espoir ! Vains efforts ! Par quels affreux revers,
Du faîte des Grandeurs je tombai dans les fers !
Misérable joüet des fureurs du Tartare,
Je n'ose prévenir les maux qu'il me prépare.

Des Enfans malheureux, dont j'ignore le fort,
Que le Cruel peut-être a livrés à la mort,
Sont le trifte lien qui m'attache à la vie.
Je crains fur tout, je crains pour la jeune Aftérie :
Et peut-être déja l'audace d'un Tiran....
Mais le voici lui-même.

SCENE III.

BAJAZET, TAMERLAN, ODMAR, GARDES.

BAJAZET.

APproche, Tamerlan ;
Quel fujet dans ce lieu demande ma prefence ?
Pourquoi m'offrir encor l'Ennemi qui m'offenfe !
Renfermé fi long-temps dans une obfcure Tour,
Pour quel affront nouveau revois-je enfin le jour ?
J'ignore ton deffein. Parle. Mais tu dois croire
Que jufques dans les fers j'aurai foin de ma gloire.

TAMERLAN.

Je ne condamne point ces nobles fentimens,
Mais de ton cœur trop fier régle les mouvemens.
Ton fort eft dans tes mains. Tu peux brifer ta chaîne.
Je n'apporte en ces lieux ni vengeance, ni haine.

A iij

Je ſçai que la Fortune a trahi ta valeur,
J'eſtime ton courage, & je plains ton malheur.

BAJAZET.

Je ne mérite pas que l'on daigne me plaindre.
Ta bonté me ſurprend. Ceſſe de te contraindre.
Je déméle aiſément de ſemblables détours;
Et c'eſt perdre le temps en frivoles diſcours.

TAMERLAN.

Eh bien, rends grace au Ciel qui te deviens propice:
Il veut de ton Deſtin réparer le caprice,
Te replacer au Trône; & tu peux, aujourd'hui,
Embraſſer ton Vainqueur, & t'égaler à lui.
Il eſt un ſûr moyen de finir ta diſgrace,
Soïons amis.

BAJAZET.

   Qu'entends-je? Et quelle eſt ton audace?
Apprends à me connoître. Une indigne priſon,
Auroit-elle à ce point égaré ma raiſon?
Moi, ton Ami? Ce nom....

TAMERLAN.

      Ce nom feroit ta gloire.
As-tu donc dans mes fers oublié ma victoire?
Trop heureux de pouvoir obtenir ma pitié,
Oſes-tu refuſer juſqu'à mon amitié?

BAJAZET.

Oſes-tu me l'offrir? L'orgueil de ma naiſſance,
Ne voit point entre nous d'odieuſe diſtance.
Les hommes ſont égaux quand ils ſont vertueux.
Mais un Trône élevé par des crimes heureux....

TAMERLAN.

Qui te retient ? Pourfuis un difcours qui me brave.
J'ai puni l'Ennemi, je pardonne à l'Efclave.
Tu devrois cependant avec moins de fierté,
Entendre en ta faveur ce que j'ai projetté.
Quels que foient mes deffeins, je puis agir en Maître :
Je le fuis de ton fort ; je veux ceffer de l'être.
Mérite les bontés d'un vainqueur généreux,
Et ne t'obftine point à vivre malheureux.

BAJAZET.

Quittons ces vains difcours. Que voulois-tu m'apprendre ?
Déclare tes deffeins, fi je puis les entendre.

TAMERLAN.

Moi, puis-je te compter au rang de mes amis ?
Répons toi-même enfin ; car ce n'eft qu'à ce prix….

BAJAZET.

A ce prix ? C'eft affez. Je n'ai rien à répondre.

TAMERLAN.

Téméraire Captif, je fçaurai te confondre.
Par un farouche orgueil tu crois te fignaler :
Mais je fçai les moyens de te faire trembler.
Tu connoîtras bien-tôt….

BAJAZET.

                  Ordonne qu'on prépare
Ce que peut inventer la rage d'un Tartare ;
Sous l'horreur des tourmens effaïe à m'accabler.
Ai-je bien entendu ? Tu me feras trembler !
Un vil chef de Brigands ofe pouffer l'outrage,
Jufques à me tenir un femblable langage ?

Le fort de Bajazet (Ciel ! & tu l'as permis !)
Eſt donc entre les mains de pareils Ennemis ?
Je ne t'écoute plus. S'il faut ceſſer de vivre,
Aſſemble tes Bourreaux ; je ſuis prêt à les ſuivre.

TAMERLAN.

Gardes, qu'on le remene.

S C E N E I V.

TAMERLAN, ODMAR, GARDES.

TAMERLAN.

Où me vois-je réduit ?
'Ah ! qu'ai-je fait, Odmar, & quel en eſt le fruit ?
Mais j'ai dû le prévoir. Bajazet infléxible
A l'offre du pardon ne peut être ſenſible.
C'eſt un nouvel affront à ſes yeux irrités,
On hait d'un Ennemi juſques à ſes bontés.
Tu n'as pas oublié la ſanglante journée
Qui ſoûmit à mes Loix ſa fiere deſtinée.
Je comptois le laiſſer Priſonnier ſur ſa foi.
De quel air menaçant il parut devant moi !
D'un Camp, où mille cris publioient ma Victoire,
Il voulut ſe former un théâtre à ſa gloire.
Un invincible orgueil animoit ſes diſcours :
De ſes proſperités il rappella le cours ;

Et bravant ma rigueur, qu'il rendit neceffaire,
Il contraignit enfin ma clémence à fe taire ;
Du plus ardent courroux on me crut enflammé.
J'ordonnai qu'en ces lieux il feroit renfermé,
Axalle fut chargé du foin de l'y conduire,
Long-temps de fon deftin je craignis de m'inftruire.
Hélas ! livré dèslors à de fecrets ennuis,
Je preffentois les maux qu'il m'a caufé depuis.

ODMAR.

Lui, Seigneur ? Eh, que peut un Captif miférable,
Gémiffant fous le poids dont votre main l'accable ?
Vous offenferez-vous d'une vaine fierté,
D'un orgueil indifcret qu'il a trop écouté,
Lorfque maître abfolu de toute fa famille ?...

TAMERLAN.

Pourquoi dans Samarcande ai-je arrêté fa fille ?
C'eft elle feule, ami, que je doi redouter.

ODMAR.

Quel trouble dans ces lieux pourroit-elle exciter ?
Son cœur tout occupé d'un fouvenir funefte,
Laiffe à peine échapper une plainte modefte.
Tremblante pour les jours d'un Pere malheureux,
L'ardeur de le venger n'entre point dans fes vœux.

TAMERLAN.

Tu le crois ? Cependant fa jeuneffe, fes charmes,
Sa douleur même, Odmar, tout lui prête des armes.
Quel œil, en la voïant, ne fe plaît à la voir ?
L'Amour maître d'un cœur, en chaffe le devoir.

On ne reconnoît plus ni refpe& , ni contrainte,
On brave le péril, on le cherche fans crainte.
Forcée à difparoître après de vains efforts,
La vertu veut en vain exciter les remords,
Un cœur fe livre entier au penchant qui l'entraîne ;
Les nœuds les plus facrés, il les brife fans peine ;
De l'amitié, du fang, il étouffe la voix ;
L'Amour enfin, l'Amour ne connoît point de loix.

ODMAR.

Seigneur !

TAMERLAN.

Il faut ici te découvrir mon ame.
Je foupçonne , je crains une fecrette flâme.

ODMAR.

Ah ! d'un Sang malheureux, profcrit dans ce féjour,
Qui voudroit feconder la vengeance , ou l'amour ?

TAMERLAN.

Que tu pénetres mal le chagrin qui me preffe !
Apprens tout. Je rougis d'avouer ma foibleffe :
Mais ceffe d'applaudir à ma fauffe vertu.
Connois les foins honteux dont je fuis combattu
Si le fier Bajazet a bravé ma colere,
S'il demeure impuni.... fa fille a fçû me plaire :
Et trop digne en effet de mon inimitié,
C'èft l'Amour qui le fauve, & non pas la pitié.
Tu ne t'attendois pas à cet aveu funefte :
Mais ne va point blâmer des feux que je détefte.
De ce fatal amour plus fort que ma raifon,
J'ai combattu long-temps l'invincible poifon.

Pour arracher mon cœur au penchant qui l'attire,
Je me suis dit cent fois tout ce qu'on peut me dire.
J'ai fui mon ennemie. Hélas ! loin de ses yeux,
L'Amour qui me poursuit, ne triomphoit que mieux ;
Et me l'offrant sans cesse avec de nouveaux charmes,
Le cruel, contre moi tournoit mes propres armes.
L'affreuse jalousie agissant à son tour,
Me fit précipiter, & cacher mon retour.
J'arrive ; & dans l'instant volant chez Astérie.....
Quelle fut ma douleur, ou plûtôt ma furie !
Je surpris des discours qui sembloient m'annoncer,
Qu'un Rival plus heureux l'aime sans l'offenser.

ODMAR.

Que dîtes-vous, Seigneur ?

TAMERLAN.

             Honteux de ma foiblesse,
Je voulus m'affranchir d'une indigne tendresse.
Tout sembla succeder à mes nouveaux desirs.
Mon cœur moins agité retenoit ses soûpirs ;
Et presque indifferent en voyant ma Captive,
J'espérois rappeller ma raison fugitive.
Quelle erreur réveillant mes sentimens jaloux,
Au flambeau de la haine alluma mon courroux !
D'un charme séducteur croyant mieux me défendre,
Contre un objet aimé, j'osai tout entreprendre.
Du superbe Ottoman j'augmentai les malheurs :
Astérie en frémit, & fit parler ses pleurs.
On m'y crut insensible ; & le pensant moi-même,
J'applaudis en secret à ma rigueur extrême.

C'eſt ainſi qu'eſſayant d'inutiles efforts,
De l'Amour déguiſé je ſuivois les tranſports.
Mes yeux ſe ſont ouverts ; & j'ai lû dans mon ame
Le triomphe certain d'une funeſte flâme.
D'un chimérique eſpoir mon cœur déſabuſé,
A remplir ſes deſtins s'eſt enfin diſpoſé.
Mais toujours un rival préſent à ma mémoire,
Sembloit avec mes feux intéreſſer ma gloire.
Pour rompre ſes projets, pour aſſurer les miens,
J'ai voulu que l'hymen me prêtât ſes liens.

ODMAR.

D'un vaincu, d'un captif, la fille infortunée !

TAMERLAN.

Oui, j'allois à ſon ſort unir ma deſtinée,
Si ce même Captif, démentant ſa fierté,
Eût pû donner un frein à ſa témerité.
J'avois exprès mandé cet ennemi farouche ;
J'allois me découvrir : il m'a fermé la bouche ;
Et ſes emportemens, que je devrois punir,
M'ont fait d'un ſoin plus doux perdre le ſouvenir.
Que faire cependant ? Haine, Dépit, Vengeance,
Amour, pour m'accabler, tout eſt d'intelligence.
Bajazet ! .... Aſtérie ! .... O vœux irréſolus !
O trouble affreux d'un cœur qui ne ſe connoît plus !

ODMAR.

Je l'avoûrai, Seigneur, on ne peut que vous plaindre ;
Mais, parmi tant de maux, il vous en reſte à craindre ;
Car ne vous flattez pas ; je connois Bajazet :
Qu'il n'apprenne jamais ce funeſte ſecret,

Du moins, (& c'eſt aſſez que l'amour vous ſurmonte ;)
D'un refus trop ſenſible épargnez-vous la honte.

TAMERLAN.

Ah ! Si juſqu'à ce point il oſoit m'irriter !

ODMAR.

Qui mépriſe la mort, n'a rien à redouter.
D'ailleurs, que produiroit une aveugle furie ?
Pourriez-vous immoler le pere d'Aſtérie ?
Penſez-vous que ſon ſang, par vos mains répandu,
Vous rendroit le repos que vous avez perdu ?
Il eſt, Seigneur, il eſt une plus noble voye.
L'Amour triomphe : oſez lui diſputer ſa proïe.
Pour briſer les liens que ſa main a formés,
Eloignez de vos yeux ce qui les a charmés.
Andronic va bien-tôt retourner dans la Grece ;
Confiez-lui le ſoin d'y mener la Princeſſe.

TAMERLAN.

Andronic ! Triſte objet d'un éternel courroux,
Qui, contre Bajazet a conduit tous mes coups ;
Lui, qu'elle ne peut voir ſans répandre des larmes ;
Lui, qui vint implorer le ſecours de mes armes,
Quand ſon Pére, déja vaincu par Bajazet,
Alloit, ſans mon appui, devenir ſon ſujet !
Non ; ne lui faiſons point cette nouvelle offenſe.
Mais, que vois-je ! Grand Dieu ! C'eſt elle qui s'avance.

SCENE V.

TAMERLAN, ASTE'RIE, ODMAR, GARDES.

ASTE'RIE.

EH bien, Seigneur ! mon pere a paru devant vous ;
Ne peut-il infpirer des Sentimens plus doux ?
Accablé fous le poids d'une honteufe chaîne,
Dans le fein du malheur eft-il digne de haine ?
Et lorfqu'après fix mois vous voulez lui parler,
Ne voyez-vous fes maux, que pour les redoubler ?

TAMERLAN.

Non, Madame ; à regret je vois couler vos larmes.
Ce jour alloit finir de trop longues allarmes,
Bajazet, de fon fort arbitre déformais,
Sortoit de fa prifon pour n'y rentrer jamais ;
Il remontoit au Trône : Enfin ce jour, peut-être,
De mon propre deftin l'auroit rendu le maître.
Pour fléchir fon orgueil, que n'ai-je point tenté ?
Il brave également ma haine, & ma bonté.
Qu'il jouiffe à loifir des fruits de fon audace !
Le moment eft paffé pour obtenir fa grace:
S'il porte encor des fers que j'ai voulu brifer,
Ce n'eft pas moi, c'eft lui qu'il en faut accufer.

ASTE'RIE.

Ah! Seigneur, s'il eft vrai que plaignant ma mifere,
Vous fongiez en effet à me rendre mon Pere,
La fierté d'un Captif vous doit-elle émouvoir?
Ne pardonne-t-on rien à l'affreux défefpoir?
Avez-vous oublié fa fortune premiére?
Il voïoit fous fes loix la Terre prefque entiére.
Vous feul, interrompant le cours de fes deftins,
Fîtes un malheureux du plus grand des Humains.
Quel revers! Les horreurs d'un indigne efclavage
De Bajazet vaincu, devinrent le partage.
Il parle en maître encor, lorfqu'il faut obéir :
Mais enfin un grand cœur ne fçait point fe trahir.
Hélas! J'avois penfé qu'Ennemi magnanime,
Vous-même approuveriez la vertu qui l'anime ;
J'ai crû que, repentant d'une injufte rigueur,
Vous alliez nous montrer un généreux Vainqueur ;
J'attendois en ce jour le terme de ma peine ;
Et ce jour plus fatal ajoûte à votre haine.

TAMERLAN.

Je n'ai point mérité ces reproches honteux ;
Votre pere, lui feul, a trompé tous nos vœux :
Mais, quand vous gémiffez du malheur qui l'accable,
D'un pareil fentiment le croyez-vous capable?
Privé depuis fix mois du plaifir de vous voir,
Devoit-il méprifer ce favorable efpoir?
Le foin de m'outrager remplit toute fon ame ;
Il veut fe perdre : Eh bien, il périra, Madame ;

L'arrêt est prononcé.

ASTE'RIE.

Nous périrons tous deux,
Seigneur ; vous unirez deux captifs malheureux.
Oui, puisque ma douleur vous éprouve infléxible,
Je sçaurai m'affranchir de ce spectacle horrible.
Mon Pere, en expirant, marchera sur mes pas;
Et je vais lui fraïer les routes du trépas.

TAMERLAN *ému.*

Madame ! . . . .

ASTE'RIE.

Eh bien, Seigneur, jouïssez de mes larmes ;
Le désespoir pour vous a-t-il donc tant de charmes ?
Fille de Bajazet! je tombe à vos genoux;
Et je ne puis encore! . . . .

TAMERLAN.

Ah ! Que demandez-vous ?

ASTE'RIE.

Seigneur! . . . .

TAMERLAN.

Vous le voulez ; il faut vous satisfaire.
Que lui-même aujourd'hui ne nous soit plus contraire
Tentez sur son esprit ce que peut votre amour ;
Vous sçaurez mes desseins avant la fin du jour.

(*à ses Gardes.*)

Vous, Bajazet est libre ; allez ; il peut paroître.

(*à Astérie.*)

Que je sois son ami ; je n'aspire qu'à l'être.

SCENE VI.

SCENE VI.

TAMERLAN, ODMAR, GARDES.

ODMAR.

QUE faites-vous, Seigneur? Dans quel abîme affreux
Bajazet! ....

TAMERLAN.

Je t'entens : mais enfin je le veux,
Dût sa haine toujours être plus obstinée ;
Le sort en est jetté, ma parole est donnée.
Va le chercher : Ecoute, un second entretien
Ne feroit qu'irriter son esprit & le mien.
Il vaut mieux par ta voix lui déclarer ma flâme :
Tu connois mes desseins ; découvre lui mon ame ;
Tandis que, pour sçavoir l'effet de tes discours,
Je m'en vais d'Andronic emploïer le secours :
Peut-être qu'avec lui Bajazet moins farouche
Daignera s'expliquer sur tout ce qui me touche.

Fin du premier Acte.

B

ACTE II.

SCENE PREMIERE.

ASTE'RIE, ZAIDE.

ZAIDE.

ADAME, eft-il donc vrai ? Le Tyran défarmé
D'une aveugle fureur n'eft-il plus animé?
On dit que libre enfin Bajazet doit paroître.

ASTE'RIE.

Oui, Zaïde ; en effet, tu vas revoir ton maître.
Hélas !

ZAIDE.

Vous foupirez ! Vos malheurs vont finir.
Faut-il en conferver l'éternel fouvenir ?
Quand du Ciel appaifé la bonté fe déploye,
N'ofez-vous un moment vous livrer à la joye?

N'avons-nous point affez éprouvé fon courroux ?
Dédaigner fes préfens, c'eft mériter fes coups.

ASTE'RIE.

Tes yeux font éblouis par des images vaines :
Tu crois que Tamerlan veut terminer nos peines !
Quels que foient fes deffeins, qu'on ne peut preffentir,
Crois-tu que Bajazet y veuille confentir ?
Aigri par fon malheur, une vertu farouche
Le rend trop infenfible à tout ce qui le touche.
Je ne me flatte point : Deux fois, ce même jour
A vû mon Pere, efclave & libre tour-à-tour.
Ce calme d'un moment groffira la tempête ;
Les nuages déja s'affemblent fur ma tête ;
La foudre va tomber ; & ce jour malheureux
Doit mettre enfin le comble à mes deftins affreux.

ZAIDE.

Pourquoi vous occuper de ces vaines allarmes ?
Faut-il que chaque inftant foit marqué par vos larmes ?
Bajazet va fortir ; & prête à le revoir,
D'un bonheur affuré vous refufez l'efpoir !

ASTE'RIE.

Eh ! Que vas-tu penfer, fi même fa préfence . . . .
Chére Zaïde, hélas ! approuve mon filence.

ZAIDE.

Quoi ! Vous craignez d'ouvrir votre cœur devant moi ?

ASTE'RIE.

Zaïde, mes revers ont éprouvé ta foi :
Tu n'es que trop fenfible au malheur qui m'opprime ;
Mais ne me force point à déclarer mon crime ;

B ij

Epargne à ma fiérté de semblables aveux.

ZAIDE.

Juste Ciel! .... Aimez-vous? Ah! parlez.

ASTE'RIE.

Tu le veux;

Je n'y résiste plus ; tu seras satisfaite :
Mais peux-tu bien encore ignorer ma défaite?
Ai-je pû si long-temps déguiser mes ennuis ?
Méconnoît-t'on l'amour à l'état où je suis ?
Eh bien ; apprens enfin ce qui me désespére :
L'objet de tous mes vœux est l'ennemi d'un Pere

ZAIDE.

Qu'entens-je ? Tamerlan !

ASTE'RIE.

Ah ! Qu'oses-tu penser?

Ce barbare Vainqueur ne sçait que m'offenser.
Non , non; ce n'est point lui qui me rendra coupable...
Plût au Ciel qu'Andronic ne fût pas plus aimable.

ZAIDE.

Vous aimez Andronic ?

ASTE'RIE.

Les pleurs que j'ai versés,

Mon trouble , ma rougeur le découvrent assez.
Je sçai que tout condamne une aveugle tendresse,
Qu'Andronic est le fils de l'Empereur de Gréce,
Que son pere a causé la disgrace du mien;
Mais l'amour m'a réduite à n'examiner rien.
Ou plûtôt, cet amour s'emparant de mon ame,
N'y fit naître d'abord qu'une innocente flâme.

Au camp de Bajazet Andronic député,
Le trouve inacceffible aux offres d'un Traité.
Burfe déja renduë, & la Gréce en allarmes,
Offroient un champ trop vafte au progrès de nos armes.
Andronic cependant fut conduit devant moi :
Le fort, qui de l'Amour nous a fait une Loi,
A marqué de tout temps le moment redoutable
De notre indifférence écueil inévitable.
Malgré l'orgueil jaloux, on eft forcé d'aimer,
Dès que l'on voit l'objet qui doit nous enflammer.
Cruelle vérité qui nous fut trop connue !
Andronic fe troubla ; je pâlis à fa vûe.
Nous pouffions des foupirs ; nous n'ofions nous parler ;
Nos yeux fe rempliffoient de pleurs prêts à couler.
Il rompit le premier ce filence funefte . . . .
Que te dirai-je enfin ? Tu pénétres le refte.
Ma fierté s'oublia dans ce trifte entretien,
Et je payai fon cœur de la perte du mien.
O , comble de nos maux ! Tamerlan fe déclare.
Emanuel bien-tôt eft joint par le Tartare.
Mon pere abandonné tombe aux mains du Vainqueur ;
Je crûs que ce revers m'alloit rendre mon cœur.
Andronic ne s'offroit à ma trifte penfée ,
Que comme un ennemi qui m'avoit offenfée.
Je n'écoutois alors que mes reffentimens :
L'Amour n'ofa parler dans ces premiers momens.
Mais , hélas ! Andronic arrive fur mes traces ;
Je voi fon défefpoir partager mes difgraces ;

Il me cherche, il me fuit ; & mes vœux incertains
Me découvrent des feux que je croïois éteints.

Z A I D E.

Ah ! devez-vous nourrir une funeste flâme ?
L'Amour est-il donc fait pour captiver votre ame ?

A S T E' R I E.

Ne crains rien ; je rendrai ses efforts superflus ;
Et sur moi l'honneur seul a des droits absolus :
Ce n'est point un Tyran, Zaïde ; c'est un maître,
Mais qui veut pour sujets des cœurs dignes de l'être.
Oui, je serai toujours attentive à sa voix :
Tu me verras mourir ou vivre sous ses loix.
Non, mon pere ; ta fille aux malheurs condamnée,
Ne trahira jamais le sang dont elle est née.
Tu ne rougiras point de mes embrassemens. . . .
Mais qui peut retarder ces fortunés momens ?
Zaïde, il ne vient point ! Quel obstacle l'arrête ?
Quoi, j'ai pû conserver une si chere tête !
J'ai fait tomber du moins ses indignes liens ;
Je le verrai, mes bras se perdront dans les siens. . . .
Quelqu'un vient. Je me trouble ; & mon ame attendrie. . .
Zaïde, c'est lui-même.

(Elle court se jetter aux pieds de Bajazet.)

SCENE II.

BAJAZET, ASTE'RIE, ZAIDE.

BAJAZET *relevant Aftérie.*

O, Ma chere Aftérie!

ASTE'RIE.

O, mon pere!

BAJAZET.

Ah! ma fille; eft-ce vous? Dans quels lieux,
Dans quel état le fort vous préfente à mes yeux!
Grand Dieu! Si mon malheur t'a paru légitime,
Devoit-elle fubir la peine de mon crime?
J'ai caufé votre perte : Ah, mortelles douleurs!
Et l'auteur de vos jours, l'eft de tous vos malheurs.
Vous vous attendriffez! Je voi couler vos larmes!

ASTE'RIE.

Seigneur, de ce moment ne troublez point les charmes.
Vous plaignez mes malheurs! Il n'en eft plus pour moi.
Tous mes vœux font remplis, puifque je vous revoi.
Ciel! dont j'ai fi long-temps accufé la colere,
Oui, tout eft réparé; tu m'as rendu mon pere.

BAJAZET.

Il ne vit que pour vous. Ce Ciel m'en eft témoin;
Le fort de mes enfans fait mon unique foin.

B iiij

Un si grand intérêt a prolongé ma vie.

Ah! Si leur liberté n'eût pas été ravie,

Le trépas prévenant la honte de mes fers,

M'eût sauvé cet affront aux yeux de l'Univers.

Ne reste-t-il que vous de toute ma famille?

Qu'a-t-on fait de mes fils? Instruisez-moi, ma fille.

ASTE'RIE.

Mes freres ne pourront adoucir vos ennuis.

BAJAZET.

Ils sont morts!

ASTE'RIE.

Non, Seigneur : Dans la Gréce conduits,

On les a réservés pour un autre esclavage ;

D'Emanuel vainqueur, ils furent le partage.

Ce Palais, jusquici, m'a servi de prison.

BAJAZET.

Voilà donc le destin d'une illustre Maison!

Mais, ma fille, ces traits de l'aveugle fortune,

Ne peuvent ébranler qu'une vertu commune.

Un grand cœur doit toujours, dans ces extrémités,

Mépriser des revers qu'il n'a pas mérités ;

Et quelque soit enfin le sort qui nous accable,

On n'est point malheureux quand on n'est point coupable.

Je me pouvois sans doute épargner ce discours :

Vous n'avez pas besoin d'un semblable secours.

Prévenant les conseils d'un pere qui vous aime,

Le sang qui vous forma se suffit à lui-même.

Laissons à la fortune épuiser son courroux ;

Vous sçaurez bien encor parer ses derniers coups.

ASTE'RIE.

De quel autre malheur suis-je donc menacée?

BAJAZET.

Tamerlan a déja déclaré sa pensée.

ASTE'RIE.

Tamerlan? Quoi, Seigneur; pourroit-il s'oublier?....

BAJAZET.

Oui, ma fille, à son sort il prétend vous lier.
Cet infâme Brigand élevé par le crime,
Osera vous offrir un sceptre illégitime :
C'eft pour vous que son choix se déclare aujourd'hui.

ASTE'RIE.

Je choisirai la mort plûtôt que d'être à lui.
Mais peut-être, Seigneur, qu'un récit infidelle,
Vous a de ce projet annoncé la nouvelle,
Il seroit parvenu sans doute jusqu'à moi.

BAJAZET.

Il n'eft que trop certain. Croïez-en mon effroi.
A peine renfermé par l'ordre de leur Maître,
J'entends du bruit ; on ouvre ; Odmar se fait connoître.
» Vous êtes libre encor, dit-il ; ménagez mieux
» De votre liberté les inftans précieux.
» N'écoutez plus enfin une aveugle furie.
» L'Empereur vous permet de revoir Aftérie.
» Méritez ses bontés. Il daigne l'époufer,
» Andronic eft chargé de vous y difpofer.
Pour la premiére fois, mon ame intimidée,
A frémi, je l'avouë, à cette horrible idée.
Tamerlan votre Epoux!

ASTE'RIE.

Vous ne le craignez pas,
Seigneur ! je puis braver de pareils attentats.
Voilà donc les secrets dont on devoit m'instruire !
Qu'une ame généreuse est facile à séduire !
Tantôt, de ses discours perçant l'obscurité,
J'ai dû voir, & j'ai vû l'affreuse vérité.
Mais croïant que son cœur devenoit magnanime ;
Ma vertu n'osoit plus le soupçonner d'un crime.
Et sur quel fondement a-t'-il pris cet espoir ?
Tiran ! mon cœur du moins est hors de ton pouvoir.
Que ton indigne amour cherche quelqu'autre proïe..

BAJAZET.

Ma fille, c'est assez ; vous me comblez de joïe.
On vient. C'est Andronic qui porte ici ses pas.

ASTE'RIE, *à part.*

Le Perfide !

SCENE III.

ANDRONIC, BAJAZET, ASTE'RIE, ZAIDE, ARCAS.

ANDRONIC.

Seigneur, ne vous offensez pas ;

Si j'ofe en ce moment vous rendre mon hommage,
Vous fçavez diftinguer le refpeót de l'outrage.
Mais n'ai-je point troublé votre entretien fecret?
Vous me voïez peut-être avec quelque regret?
Pardonnez. J'ignorois que déja la Princeffe
Recueilloit en ce lieu les fruits de fa tendreffe.
Depuis que Tamerlan la retient fous fes Loix,
Elle m'entend ici pour la premiére fois.
Indigné de la voir captive, abandonnée,
J'ai fouvent accufé l'aveugle deftinée;
Mais j'ai toûjours pris foin de m'éloigner des lieux,
Où mille objets cruels bleffoïent déja fes yeux.
Combien j'ai détefté la fatale Viótoire,
Qui combla vos malheurs, en nous couvrant de gloire!
Avec quel defefpoir ai-je vû dans les fers,
Un Sang qui fembloit né pour régir l'Univers!
Que n'ai-je pû, Seigneur, vous être moins contraire!

BAJAZET.

Prince, vous avez fait ce que vous deviez faire,
De la Gréce, en vos mains, l'Empire étoit remis:
Vous avez combattu contre fes Ennemis:
Ma valeur inutile a cedé fous le nombre,
De tout ce que j'étois, je ne fuis plus que l'ombre.
Triomphant autrefois, aujourd'hui défarmé,
Dans une Tour obfcure on me tient renfermé.
Le fort m'a fait tomber du rang le plus augufte;
Mais ce crime du fort ne me rend point injufte.
Je connois vos vertus; & je ne puis penfer
Qu'un Prince que j'eftime ait voulu m'offenfer.

De la part du Tiran on m'avoit fait entendre....
ANDRONIC.

Oui, Seigneur, il aspire à se voir votre Gendre.
Je n'ai pû refuser à ses empressemens,
De venir m'informer quels sont vos sentimens.
BAJAZET.

Et quels soupçonnez-vous, Prince, qu'ils doivent être?
ANDRONIC.

Il ne m'appartient pas de vouloir les connoître.
Votre sort en dépend : & cependant je crains,
Que vous n'approuviez pas de semblables desseins.
BAJAZET.

Les approuver? Qui, moi! que trahissant ma gloire,
D'un opprobre éternel je charge ma mémoire?
Non, non; je n'irai point, vil joüet des revers,
Associer mon sang à cent crimes divers.
Eh! que penseriez-vous, si le soin de ma vie,
Avoit pû m'abaisser à cette ignominie?
Prince, quelques malheurs dont je sois menacé,
Vous rougiriez pour moi, si j'avois balancé.
ANDRONIC.

Mais songez qu'un refus....
BAJAZET.

Je n'ai plus rien à dire.

Allons, ma fille.

SCENE IV.

ANDRONIC, ARCAS.

ANDRONIC.

O Ciel ! contre moi tout conspire.
De quel indigne emploi m'étois-je donc chargé ?
Quel surcroît de tourmens pour mon cœur affligé !
Tamerlan me choisit pour seconder sa flâme !
Le Cruel !

ARCAS.

Quel transport s'empare de votre ame ?
D'où peut naître soudain ?....

ANDRONIC.

A ce trouble fatal.
Arcas, de Tamerlan, reconnois le Rival.

ARCAS.

Seigneur ! ...

ANDRONIC.

Il n'est plus temps de t'en faire un mistére,
Je brûlois pour la Fille en combattant le Pere.
Je n'ai point oublié, ni le lieu, ni le jour,
Le Camp de Bajazet vit naître mon amour.
Il fallut m'éloigner. Bajazet, Astérie,
Eprouvent des destins toute la barbarie.

On les traîne en ces lieux. J'y vole sur leurs pas,
Témoin de mes transports, tu ne les connus pas.
Non, je ne cherchois point, esclave de la haine,
Le plaisir inhumain de jouir de leur peine :
Mon cœur ne connoît point ces mouvemens honteux,
Eh ! l'on doit bien au moins plaindre les malheureux !
Un sentiment plus vif, Arcas, je le confesse,
M'interessoit au sort d'une jeune Princesse ;
Et l'amour, indigné de voir couler ses pleurs,
M'inspira le dessein de finir leurs malheurs.

ARCAS.

Quoi ! Voulez-vous, Seigneur, vous charger de leur fuite ?

ANDRONIC.

Oui, si l'on daigne, Arcas, m'en laisser la conduite,
Je veux tout hazarder. Hélas ! malgré mes soins,
Je n'ai pû jusqu'ici lui parler sans témoins.
D'odieux surveillans sans cesse environnée,
Elle ignore à quel point je plains sa destinée.
Mais pourquoi m'occuper de ce vain souvenir !
Oublions le passé ; songeons à l'avenir.
Si je dois renoncer à l'aimable Astérie,
Défendons-là du moins d'un Vainqueur en furie ;
Qu'elle-même, à son gré, dispose de son sort ;
Protégeons sa vertu contre un coupable effort ;
Que le fier Tamerlan apprenne à nous connoître,

ARCAS.

Avez-vous bien pensé qu'il est ici le Maître,

Que vous allez vous perdre, au lieu de la fauver?

ANDRONIC.

Quelque foit ce péril, il faudra l'éprouver.

ARCAS.

Quel fruit efpérez-vous d'une tendreffe vaine?

ANDRONIC.

Quoi! veux-tu la livrer à l'objet de fa haine?

ARCAS.

Mais vous-même, Seigneur, pouvez-vous vous flatter?...

ANDRONIC.

Ne pouvant l'obtenir, je veux la mériter,
Le deffein eft formé ; rien ne m'en peut diftraire.
Aux loix de fon Tiran je prétends la fouftraire.
Dans ce preffant danger il faut la fecourir ;
Il le faut, cher Arcas, quand je devrois périr.
Allons, de Bajazet juftifier l'eftime,
En fignalant l'horreur que m'infpire le crime.
Le Ciel n'avoura point un injufte pouvoir :
Mais du moins Andronic aura fait fon devoir.

ARCAS.

M'en croirez-vous, Seigneur? Avant que d'entreprendre,
Attendez le parti que Tamerlan va prendre.
Ne précipitez rien ; & fans vous déclarer,
Laiffez ouvrir le champ où vous voulez entrer.
Car enfin ce Tiran contre qui l'on confpire,
Cet odieux Rival a fauvé votre Empire.
Emanuel, fans lui, détruit par Bajazet,
Ou devenoit Efclave, ou n'étoit qu'un Sujet.
Ah! n'oubliez jamais cet important fervice,
Ne foïez point injufte, en blâmant l'injuftice.

D'ailleurs, que fçavez-vous fi dans le fond du cœur,
On ne s'applaudlt point de l'amour d'un Vainqueur.
Si l'on préfére au Trône un funeſte eſclavage ?

ANDRONIC.

Arcas, à la vertu c'eſt faire trop d'outrage.
Connois mieux Aſtérie ; & ne ſoupçonne pas,
Un cœur ſi généreux d'un ſentiment ſi bas.
Pleine du noble orgueil qu'inſpire la naiſſance,
Pourroit-elle approuver une indigne alliance :
Ce même Tamerlan, ſur le Trône monté,
Eſt toûjours Tamerlan né dans l'obſcurité.
Non, non, à cet hymen c'eſt envain qu'il aſpire.
Cependant, de mon Pere il a ſauvé l'Empire !
Ce qu'il a fait pour nous, je ſuis prêt aujourd'hui,
S'il a des Ennemis, à le faire pour lui.
La gloire eſt, de mon cœur, la premiére maîtreſſe.
Au fort de Tamerlan l'amitié m'intereſſe.
Je ſçaurois immoler mes vœux à ſon bonheur :
Mais je ne lui dois pas immoler mon honneur.
L'innocence gémit ; & mon ame allarmée,
A ſes triſtes accens n'eſt point accoûtumée :
Et ſans ſonger qui j'aime, où qui je dois aimer,
Je ſerai l'Ennemi de qui veut l'opprimer.

Fin du ſecond Aĉte.

ACTE

ACTE III.

SCENE PREMIERE.

ASTE'RIE, ZAIDE.

ZAIDE.

ALGRE' tous vos chagrins, vous deviez vous contraindre,
Madame. Bajazet aura lieu de se plaindre.
A peine a-t-il joui de vos embrassemens,
Et vous l'abandonnez dans ces premiers momens !
Il falloit demeurer : j'ose encor vous le dire.

ASTE'RIE.

Zaïde, en le quittant, je fais ce qu'il desire ;
Et les soins differens dont il est agité,
Me laissent de mes maux gémir en liberté.
Quel temps j'avois choisi pour te montrer mon ame ?
Combien ai-je à rougir d'une honteuse flâme !

C

Quel horrible tourment au mien peut être égal ?
Le Perfide ! à mes yeux, parler pour son Rival !
Mais je ne m'en plains point ; mon ame en est ravie ;
C'en est fait. Rien enfin ne m'attache à la vie.
Je mourrai sans regret ; heureuse que du moins,
Ma foiblesse n'ait eu que tes yeux pour témoins !

ZAIDE.

Quoi, Madame ! quelle est cette douleur nouvelle ?

ASTE'RIE.

Toi-même, n'as-tu pas entendu l'Infidéle ?
N'étois-tu pas présente à tout cet entretien ?
Mon cœur peut-il douter des sentimens du sien ?
Il craint que Bajazet, ferme dans sa colére,
N'enleve à Tamerlan tout espoir de me plaire.
Sont-ce là les fraïeurs qui doivent le troubler ?
Ciel ! falloit-il encor l'Ingrat pour m'accabler ?

ZAIDE.

Son discours, je l'avoue, a bien dû vous surprendre :
Je ne sçai cependant comment on doit l'entendre.
Andronic vous aimoit. Un jour, un seul moment,
Auroit-il pû produire un si grand changement ?
J'ai peine à soupçonner cette affreuse inconstance.

ASTE'RIE.

Comme il s'applaudissoit d'avoir fui ma presence !
Avec quel art trompeur il vantoit son respect !
Mais, dis-moi ; l'as-tu vû pâlir à mon aspect ?
L'as-tu vû se troubler ? Ah ! ce soupçon l'outrage,
Il sçait se parjurer sans changer de vilage.

Le perfide qu'il eſt, en entrant dans ces lieux,
N'a pas même vers moi daigné tourner les yeux.
Ah, trop frivole eſpoir dont j'étois animée!
Et peut-être l'Ingrat ne m'a jamais aimée.
Il redoute ma vûe! Il cherche à s'éloigner!
Ah! c'eſt un embarras qu'il ſe peut épargner.
Non, Traître, ne crains point qu'à m'oublier trop prompte,
Je t'aille fatiguer du récit de ma honte;
Que je m'abaiſſe encor juſqu'à te reprocher,
Un mépris, que du moins tu m'aurois dû cacher.
Va, n'appréhende rien. J'en ſuis d'accord moi-même.
Tu ne me verras plus.

ZAIDE.
Ma ſurpriſe eſt extrême.
ASTE'RIE.

Quoi donc ?

ZAIDE.
Il vient à vous.

SCENE II.

ANDRONIC, ASTE'RIE, ZAIDE.

ANDRONIC.

Ne me condamnez pas,
Madame. . . . .

ASTE'RIE.

Quel sujet adresse ici vos pas ?
Est-ce votre Ami, Prince, ou plûtôt votre Maître,
Qui vous a devant moi commandé de paroître ?
Vous me vouliez sans doute aider de vos conseils !
Mais le Sang dont je sors n'en suit point de pareils.

ANDRONIC.

Ah ! demeurez, Madame. Au nom de votre Pere,
Daignez me voir ; daignez m'entendre sans colére.
Pour la premiére fois nous pouvons nous parler ;
Et je n'ai point appris l'art de dissimuler.
Je ne viens point ici vous vanter la constance,
D'un malheureux amour proscrit dès sa naissance.
Ce même amour, au moins, s'il me rend criminel,
Auroit dû m'épargner un reproche cruel.
Je n'ai jamais pensé que la main d'Astérie,
Pût devenir le prix d'une aveugle furie.
Je connois Bajazet ; je vous connois tous deux :
Mais on pouvoit aussi me croire généreux.

Votre Pere abufé n'a pas voulu m'entendre ;
A d'injuftes foupçons il s'eft laiffé furprendre :
Je ne m'attendois pas qu'ils iroient jufqu'à vous ;
Et pour comble d'horreurs, vous les partagez tous !
Voïez-moi tel enfin que j'ai dû vous paroître ,
Vous dépendez ici d'un Ennemi, d'un Maître.
Ce Titre vous offenfe ! Il m'échape à regret.
Songez pourtant , fongez qu'il l'eft trop en effet ;
Qu'abfolu dans ces lieux, votre Tyran vous aime.
Je ne dois point blâmer ce que je fais moi-même.
Mon cœur a trop appris , en voiant vos attraits ,
Qu'il faut les adorer , ou ne les voir jamais.
Mais le fier Tamerlan , jaloux de fa puiffance,
Ne fuivra de l'amour que l'aveugle licence ;
Et pour venger l'affront de fes vœux mal reçûs ,
Peut laver dans le fang la honte d'un refus,
Je frémis des périls dont ce jour vous menace ,
Ah ! prevenons du moins la derniére difgrace.
Ordonnez le moment ; & choififfez les lieux :
Je fçaurai vous conduire , ou mourir à vos yeux.
Le Ciel peut fe laffer de vous être contraire.
Je vous implore enfin pour vous , pour votre Pere.
Sa perte ou fon Salut eft encor dans vos mains,
Laifferez-vous périr le plus grand des humains ?
ASTE'RIE.
Le jufte étonnement dont mon ame eft frappée ,
Seigneur, vous dit affez que je m'étois trompée.
Vous plaignez Bajazet ! vous l'aimez ! je rougis
De l'indigne foupçon qui nous avoit furpris.

C iij

Vos généreux deffeins ont bien fçû le confondre,
C'eft à mon Pere feul, Seigneur, à vous répondre.
Puiffent vos nobles foins n'être pas fuperflus !
J'y Joindrai mes efforts. Et s'il faut dire plus,
L'Ami de Tamerlan excitoit ma colere ;
L'Ami de Bajazet ne fçauroit me déplaire.

SCENE III.

ANDRONIC *feul.*

Quel aveu glorieux ! mon cœur eft éperdu,
Ciel ! N'eft-ce point un fonge ? Ai-je bien entendu ?
Je ne fuis point haï ? je ne puis lui déplaire ? . . . .
Mais j'en crois trop peut-être un efpoir téméraire ;
Peut-être en me voïant me livrer au danger,
Ce difcours feulement vouloit m'encourager ?
L'interêt de fon Pere eft le feul qui la touche !
Mais non, la vérité s'expliquoit par fa bouche ;
Ses regards défarmés confirmoient fes difcours,
Une ame généreufe ignore les détours.
Je puis donc me flatter . . . . Trop aimable Princeffe ! . . .
Quoi ! vous approuveriez l'innoçente tendreffe ? . . .

SCENE IV.

ANDRONIC, ARCAS.

ARCAS.

ON vous cherche, Seigneur. Tamerlan inquiet,
Vous attend pour régler le fort de Bajazet.
Car c'eft de ce qu'il faut qu'il craigne, ou qu'il efpere,
Que dépend le deftin de la fille & du Pere;
Et déja prévenu par vos retardemens,
Il parle d'employer les plus rudes tourmens.
Odmar s'oppofe encore à cette violence,
Le refte épouvanté garde un morne filence.
On craint tout des tranfports dont il eft agité.

ANDRONIC.

Je puis compter, Arcas, fur ta fidelité ?
Va, ne t'allarme point. Cette fureur extrême,
Peut devenir funefte à Tamerlan lui-même.
Et tant que je vivrai, j'en attefte les Cieux,
On ne répandra point un Sang fi précieux.

ARCAS.

Seigneur, il feroit tard de prendre fa défenfe.

ANDRONIC.

Arcas !

ARCAS.

J'entends, Seigneur ; ce difcours vous offenfe,

C iiij

Eh bien, vous le voulez ! Je fuis prêt à périr.
Vous pouvez commander ; c'eft à moi d'obéir.
Je n'examine plus dans ce péril extrême,
Si, voulant les fauver, vous vous perdez vous-même :
Si ce fatal éclat ne fera que hâter
Le coup que Bajazet ne fçauroit éviter.
Tamerlan incertain vous attend pour réfoudre ;
Venez, en l'irritant, faire partir la foudre :
Venez vous préparer le reproche éternel
D'avoir été l'auteur d'un fpectacle cruel.
Venez vous-même enfin immoler la victime.
Eh ! Que va-t'on penfer du foin qui vous anime ?
Le croira-t'on l'effet de la feule pitié ?
Ah ! Pour fes ennemis a-t'on tant d'amitié ?
Vous prenez leur parti ! Tamerlan va comprendre
La fecrette raifon qui vous porte à le prendre.
Vous allez les livrer à fes foupçons jaloux.
Leur mort fera le fruit d'un impuiffant courroux.
Les croïant avec vous tous deux d'intelligence,
Sur tous les deux auffi tombera fa vengeance.
L'Amour tourne en fureur, quand il fe croit trahi ;
Et l'objet le plus cher devient le plus haï.

ANDRONIC.

Arcas, où la prudence a befoin du miftére,
Je fçai mieux comme on doit fe cacher & fe taire :
Tu fçauras mes deffeins quand il en fera temps ;
Ecoute cependant ces ordres importans :
Le Succès en un mot dépend de ta conduite :
Raffemble tous les Grecs qui compofent ma fuite ;

Choifi le lieu toi-même ; & qu'armés cette nuit
A la faveur de l'ombre, ils s'y rendent fans bruit.

ARCAS.

Tamerlan vient, Seigneur.

ANDRONIC.

Ah, rencontre funefte !

Dans mon appartement je te dirai le refte :
Va, cours.

SCENE V.

TAMERLAN, ANDRONIC, ODMAR, GARDES.

TAMERLAN.

ENfin, Seigneur, je vous trouve en ces lieux;
Pourquoi différiez-vous de paroître à mes yeux ?
Je vous ai fait chercher : mais vous craignez peut-être
De m'apprendre à quel point on s'ofe méconnoître !
Vous vouliez m'épargner le chagrin d'un refus?

ANDRONIC embarraffé.

Seigneur...

TAMERLAN.

Je vous entens. Tous mes vœux font déçûs !

Un trépas affuré, l'offre d'une couronne :
Le Superbe ! Il n'eft rien qui le flatte, ou l'étonne.

Nous verrons ſi c'eſt lui qui donne ici la loi.
Je ne vous preſſe plus de lui parler pour moi.
De ſon farouche orgueil on ne peut le diſtraire.
Eh bien, puiſqu'il le veut, il faut le ſatisfaire.
Odmar, vous m'entendez; ſongez à m'obéir.

(*à Odmar.*)　　　ANDRONIC.

Arrêtez. Ah! Seigneur, ce ſeroit vous trahir.
Avez-vous réſolu de perdre votre gloire?
Quand Bajazet ſurpris nous céda la victoire;
Libre de prononcer ou ſa vie ou ſa mort,
On pouvoit le livreraux rigueurs de ſon ſort.
La Politique alors autoriſoit ſa perte;
Sans en être irrité, le Ciel l'auroit ſoufferte;
Vous l'avez conſervé: S'il périt aujourd'hui,
Le Ciel, ce même Ciel ſe déclare pour lui:
Ce n'eſt plus qu'un dépôt dont vous lui rendrez compte.
Ah! Devez-vous en croire une fureur ſi prompte?
Bajazet expirant (& fût-il criminel?)
Attache à votre nom un opprobre éternel.
Rappellez la vertu; conſultez la juſtice:
Qui peut vous inſpirer? ...

　　　　　TAMERLAN.

　　　　　　Oui, tout veut qu'il périſſe.
Mon affront dans ſon ſang....

　　　　　ANDRONIC.

　　　　　　Ne peut point ſe laver:
Et qui brave la mort, peut toujours vous braver;
M'en croirez-vous? Fuïez une triſte famille:
Ne voïez plus, Seigneur, le pere ni la fille:

Et par un noble effort les éloignant tous deux,
Otez-vous un objet qui vous rend malheureux.
Laiſſez-les s'applaudir d'une vertu ſauvage,
Qui voulant être libre au ſein de l'eſclavage,
Leur prépare à loiſir l'inutile regret
De n'avoir écouté qu'un orgueil indiſcret.
Mais vous ſçavez, Seigneur, qu'une juſte tendreſſe
Demande inceſſamment mon retour dans la Gréce :
Les fils de Bajazet, victimes de leur rang,
Y ſouffrent tous les maux attachés à leur ſang.
Je ſuis prêt à partir. Que leur ſœur, que lui-même
Vienne être le témoin de leur malheur extrême.
Ce ſpectacle nouveau ne peut que l'affliger ;
Et redoublant ſa peine, il ſert à vous venger.

TAMERLAN.

Ne vous figurez pas qu'aucun eſpoir me flatte ;
Mais il faut cependant que ma fureur éclatte.
Tous ces ſages conſeils ne ſont plus de ſaiſon,
Seigneur. Il eſt trop tard d'écouter la raiſon.
Mon amour déclaré rend ma honte certaine :
Cet amour ne peut plus s'immoler qu'à la haine.
Quoi donc ! J'aurois formé tant d'inutiles vœux
Pour être le jouet d'un Captif dédaigneux !
Il iroit chez les Grecs publier ſa conſtance !
Non, non ; je veux ici punir ſa réſiſtance :
Et ſans doute le Ciel ſe plaindra ſeulement
D'avoir vû reculer ſon juſte châtiment.
Il demandoit plûtôt la mort de la victime.
J'ai tardé trop long-temps ; & c'eſt là tout mon crime.

Allons ; & puifqu'enfin je puis le réparer,
Ne délibérons plus ; courons , fans différer,
Faire , de ce moment , le dernier de fa vie.

ANDRONIC.

Ah ! fi le Ciel vouloit qu'elle lui fût ravie,
Pourquoi , Seigneur , pourquoi dans les premiers momens
Vous a-t'il infpiré de plus doux fentimens ?
Vous ne l'ignorez pas ; le Ciel eft équitable ,
Il mefure la peine au crime du coupable.
Si Bajazet trop fier attira fon courroux,
Il a fçû le punir par d'affez rudes coups.
Tout fon fang dans les fers , la perte d'un Empire. . . .
Mais pourquoi ces détours ? Craignez-vous de le dire ?
Votre amour méprifé veut terminer fon fort :
Seigneur , c'eft là le Ciel qui demande fa mort.

TAMERLAN.

Je ne fçais à la fin ce qu'il faut que je penfe.
D'où vous vient tant d'ardeur à prendre fa défenfe ?
Ce difcours me furprend ; je l'avoûrai , Seigneur.
Quel fi grand intérêt ? . . . .

ANDRONIC.

Celui de mon honneur.
Je pourrois ajoûter , Seigneur , celui du vôtre.
Les hommes , tels que moi , n'en connoiffent point d'autre.

TAMERLAN.

Les hommes , tels que vous , ne font que mes pareils ;
Et je puis me paffer , Seigneur , de leurs confeils.

SCENE VI.

ANDRONIC *seul.*

AH! Je fçaurai du moins m'oppofer à ta rage,
Barbare ; ne croi pas achever ton ouvrage :
Redoute les tranfports dont je fuis animé.
Je ne balance plus. Ton deffein eft formé,
Le mien eft pris auffi. Prépare la tempête ;
Mais crains que les éclats n'en tombent fur ta tête.
Une égale fureur va conduire nos coups ;
Et c'eft au Ciel enfin à juger entre nous.

Fin du troifiéme Acte.

ACTE IV.

SCENE PREMIERE.

TAMERLAN, ODMAR, GARDES.

TAMERLAN.

E m'importune plus. Quoique tu puisses dire
Qu'elle y consente, Odmar, ou Bajazet expire.
Nous verrons si son cœur osera reculer;
Mais d'un soin plus pressant j'ai voulu te parler:
J'ai des soupçons cruels qui m'agitent sans cesse.
Je te l'ai déja dit; je crains que la Princesse,
Prévenue en secret pour quelque heureux rival,
N'oppose cet obstacle à mes vœux trop fatal.

ODMAR.

S'il étoit vrai, Seigneur, qu'un autre eût sçû lui plaire! . . .

TAMERLAN.

Odmar, s'il étoit vrai! Malheur au téméraire!

Mais peut-être déja je connois cet amant :
Un Rival à nos yeux échape rarement.
Le zéle d'Andronic à calmer ma vengeance,
Ce difcours préparé pour m'ôter l'efpérance,
Le foin de m'éviter, fon trouble à mon afpect....
Pour tout dire, en un mot, Andronic m'eft fufpect.
Depuis deux mois entiers qu'à partir il s'apprête,
Pourquoi demeure-t'il, s'il n'eft rien qui l'arrête?
Qui fçait fi ce féjour, ce départ incertain,
Ne cache point encor quelque fecret deffein?
Qui fçait s'il ne veut pas faciliter leur fuite?
Si Bajazet?... Enfin, veille fur fa conduite;
Obferve tous fes pas, furtout dans ce moment:
Va, ce péril ne fouffre aucun retardement.
Et s'il faut qu'avec eux il foit d'intelligence,
Prens garde qu'il n'échape à ma jufte vengeance.
J'ai mandé la Princeffe, & je l'attens ici :
Va, ne néglige rien; va, dis-je : la voici.

SCENE II.

TAMERLAN, ASTE'RIE, ZAIDE; GARDES.

TAMERLAN.

Vous sçavez mon secret; daignerez-vous m'apprendre,
Madame, à quel destin Tamerlan peut prétendre?
J'ai fait couler vos pleurs; je soupire à mon tour.
La guerre me fit vaincre, & je céde à l'amour.
Je dépose à vos pieds mon cœur, mon Diadême;
J'affranchis votre pere, il va régner lui-même.
Vos deux freres bien-tôt entre ses mains remis,
Ne me compteront plus parmi leurs ennemis.
Vous voïez mes desseins, n'allez pas les confondre:
Délibérez, Madame, avant que de répondre;
Et ne me forcez point, par un refus cruel,
A me rendre envers vous encor plus criminel.

ASTE'RIE.

Je ne m'attendois pas à ce dernier outrage:
Il est juste, après tout, d'accomplir votre ouvrage.
De trop foibles chagrins ont excité mes pleurs;
Ils n'étoient qu'un passage à de plus grands malheurs:
Etes-vous satisfait? N'ai-je plus rien à craindre?
Et vous puis-je, une fois, parler, sans me contraindre?

D'où

D'où vous vient aujourd'hui cette témérité ?
Vous demandez mon cœur ! l'avez-vous mérité ?
Quel effort généreux, combattant ma colere,
A pû former en vous cet espoir de me plaire ?
Mon pere pour jamais a-t'il quitté les fers ?
Voit-il pour son départ tous les chemins ouverts ?
A-t'il repris le Scéptre après tant de disgraces ?
Ai-je la liberté de marcher sur ses traces ?
Et, sans prétendre encor à m'imposer des loix,
Laissez-vous votre sort & le mien à mon choix ?
Voilà quels sentimens peuvent toucher mon ame :
Voilà comme il falloit déclarer votre flâme.
Bajazet, excusant un téméraire amour,
Auroit pû devenir généreux à son tour.

TAMERLAN.

Eh ! dois-je le penser, lorsqu'en brisant sa chaîne,
Je n'ai fait que fournir des armes à sa haine ?
Falloit-il donc me rendre à jamais malheureux ?
Et n'est-ce qu'à ce prix qu'on paroît généreux ?
Le sort a prononcé ; c'est à lui d'y souscrire.
Mais, qu'ai-je prétendu ! Lui rendre son Empire,
Et vous faire régner sur moi, sur mes Etats.
De semblables projets sont-ils des attentats ?
Voilà mon crime enfin : Eh bien, si c'est un crime,
Voïons qui de nous trois est le plus magnanime.
Je ne vous retiens plus : Allez ; dès aujourd'hui
Bajazet peut partir, & vous-même avec lui.
Pourvû que quelque jour vous rende à ma tendresse,
Madame, j'en croirai votre simple promesse.

D

ASTÈ'RIE.

Moi, je vous promettrois ! … Qu'ofez-vous exiger ?
Moi, je pourrois un jour ! … Ah ! c'eft trop m'outrager.

TAMERLAN.

Ah ! c'en eft trop auffi. Ma jufte jaloufie
Par ce dernier refus eft affez éclaircie.
Cruelle ! vous vouliez que mon aveuglement
Vous mît entre les bras d'un plus heureux amant !
Votre trouble, à ces mots, malgré vous, vous accufe !

ASTE'RIE.

Tu ne mérites pas que je te défabufe.

TAMERLAN.

Eh bien ! … Quittons enfin un frivole détour ;
Vous fçavez mes projets ! Vous voyez mon amour !
Pour la derniere fois je vous offre l'Empire :
Le refuferez-vous ?

ASTE'RIE.

Faut-il te le redire ?
Non ; ne te flatte pas qu'un indigne lien
Puiffe jamais unir & mon cœur & le tien.
Que je fois à l'Amour ou foumife ou rebelle,
Tu ne dois efpérer qu'une haine éternelle.

TAMERLAN.

C'en eft affez. La mort. . . .

ASTE'RIE.

Puis-je la redouter ?
Par tes emportemens tu crois m'épouvanter.
Ton orgueil gémiffoit, réduit à la priere :
Tu menaces enfin ! Connois mon ame entiére.

La mort me fera douce, en m'épargnant l'horreur
De rester plus long-temps témoin de ta fureur.
Mais non ; je suis enfin ta derniere victime.
Le Ciel, pour te punir, n'attend plus que ce crime.

TAMERLAN.

Va ; ce n'est point sur toi que tomberont mes coups ;
Je sçaurai mieux choisir l'objet de mon courroux :
Je ne dis plus qu'un mot. Songe à me satisfaire,
Ou n'accuse que toi de la mort de ton Pere.
C'est son arrêt enfin que tu vas prononcer....
Tu peux encor.... Adieu, je te laisse y penser.

ASTE'RIE.

Ah ! Barbare, arrêtez....

SCENE III.

ASTE'RIE, ZAIDE.

ASTE'RIE.

Que devient ma constance ?
Arme-toi, Ciel vengeur ! Protége l'Innocence.
Ce monstre vit encor ! Es-tu sourd à ma voix ?
Veux-tu m'abandonner à cet horrible choix ?
Ma Zaïde, que faire en ce malheur extrême ?
As-tu bien entendu ?

ZAIDE.

J'en tremble encor moi-même.

Mais pourquoi le forcer à cette extrémité ?
Voilà ce qu'a produit une aveugle fierté.
Eh ! Ne peut-on, Madame, un moment se contraindre ?
Faut-il toujours braver, quand on a tout à craindre ?
Son courroux incertain cherchoit à s'appaiser.
Deviez-vous ? ...

ASTERIE.

Oui, Zaïde, il falloit l'épouser !
Un monstre de carnage & de crimes avide,
Le dernier des Mortels ! ....

ZAIDE.

Serez-vous parricide ?

ASTE'RIE.

Ciel ! Que dis-tu, cruelle ? Ah ! Ma funeste main
Va donc mettre à mon pere un poignard dans le Sein !
Moi, qui voudrois pour lui donner cent fois ma vie ;
C'est moi qui le condamne, & qui le sacrifie !
Non, il ne mourra point ; je lui dois cet effort.
Va trouver Tamerlan ; Je remplirai mon sort.
Il peut tout préparer pour cette horrible fête :
Mais qu'il ne soit pas sûr encor de sa conquête.

ZAIDE.

Quoi donc ?

ASTERIE.

J'épouserai ce Barbare vainqueur,
Pour mieux choisir l'instant de lui percer le cœur.
Va. Je l'attends ici : Qu'il s'y rende, s'il l'ose.

ZAIDE.

Ah ! Quel affreux dessein votre cœur se propose !

Ciel! Qu'ofez-vous penfer? S'il étoit votre époux,
Ses jours tant déteftés feroient facrés pour vous.
Non, l'exemple jamais n'autorife le crime.

ASTE'RIE.

O, mon pere! Il faut donc que tu fois fa victime!

SCENE IV.

BAJAZET, ASTE'RIE, ZAIDE.

BAJAZET.

EH bien! Le fier Tartare a paru dans ces lieux;
Vous a-t'il déclaré fes defleins odieux?
Vous ne répondez point? Une frivole offenfe
Auroit-elle abattu toute votre conftance?
Parlez; je vous l'ordonne; il me faut obéir.

ASTERIE.

Il veut que je l'époufe, ou vous allez périr.

BAJAZET.

Zaïde, laiffez-nous.

SCENE V.

BAJAZET, ASTE'RIE.

BAJAZET.

Ecoutez-moi, ma fille ;
Vous fçavez à quel point j'ai chéri ma famille.
Mes fils infortunés, fous le joug d'un Vainqueur,
Du fort qui me pourfuit, éprouvent la rigueur.
Vous-même, je vous vois, aux fers abandonnée,
Partager en ces lieux ma trifte deftinée.
Ces objets trop préfens ont comblé mes ennuis.
On fouhaite la mort dans l'état où je fuis ;
Cependant je frémis du coup qui nous fépare ;
Vous demeurez en proïe aux tranfports d'un Barbare.
Il me croit un obftacle à cet hymen honteux ;
Mais mon fang répandu, loin d'éteindre fes feux,
Ne fera qu'ajouter la fureur à l'outrage,
Et vos refus conftans exciteront fa rage :
C'eft là ce que je crains, & non point le trépas.
Je vous laiffe expofée à de rudes combats :
Mais enfin la Vertu vous prêtera fes armes ;
Vous fçaurez....

ASTE'RIE.

Oui, Seigneur ; diffipez ces allarmes

Mon cœur n'eſt point troublé des ſoins de l'avenir :
Je crains peu les malheurs que je puis prévenir.

BAJAZET.

Ma fille, il n'eſt pas temps de ſonger à me ſuivre ;
Mon ſort eſt de mourir, & le vôtre eſt de vivre.
Vivez, pour triompher d'un criminel effort ;
Vous mourrez, ſi l'honneur vous condamne à la mort.
J'entens du bruit : **on vient nous ſéparer peut-être!**

SCENE VI.

ANDRONIC, BAJAZET, ASTE'RIE

ANDRONIC *au fond du Théatre, à part.*

C'Eſt lui : voici le temps de me faire connoître.

BAJAZET.

Venez, Prince, venez recevoir mes adieux.
Le Tyran va bien-tôt m'arracher de ces lieux ;
Car vous n'ignorez pas le ſort qu'il me prépare?

ANDRONIC.

Oui, Seigneur, il eſt vrai ; l'orage ſe déclare.
Tarmerlan n'attend plus que la fin de ce jour,
Pour ſuivre aveuglément ſa haine ou ſon amour.

BAJAZET.

Je redoute la vie, & non pas le ſupplice.
Mais, puis-je de vous-même eſpérer un ſervice?

Je ne demande point à vos foins généreux
De mettre en liberté mes deux fils malheureux.
Peut-être, fi le Ciel m'eût été moins contraire.....
Qu'ils ignorent du moins le deftin de leur pere.
Dans un âge trop foible épargnez leur douleur.
L'efclavage eft pour eux un affez grand malheur :
Empêchez que ma mort ne leur foit annoncée ;
Et laiffez-moi mourir avec cette penfée....

ANDRONIC.

Ah ! Permettez, Seigneur, que je faffe encor plus ?
Tous ces foins paternels deviennent fuperflus.
Il faut un champ plus vafte au zéle qui m'enflâme,
Connoiffez Andronic ; voïez toute mon ame :
J'abhorre les deffeins du cruel Tamerlan :
A mes yeux indignés il n'eft plus qu'un Tyran ;
Et loin de confentir à fa lâche furie,
Vos jours font affurés, ou je perdrai la vie.
Commandez : Tous mes Grecs raffemblés par Arcas,
N'attendent que la nuit pour marcher fur nos pas.
Daignez les recevoir, S'ils vous ont à leur tête,
Leur valeur peut encor écarter la tempête.
Les Tartates furpris, défarmés & troublés,
Pourront-ils foûtenir nos efforts redoublés ?
Tentons, quoiqu'il en foit, de nous faire un paffage,
Venez, Seigneur ; fortez d'un indigne efclavage ;
Dérobez-vous aux loix d'un Vainqueur inhumain ;
Ou du moins périffons les armes à la main.

BAJAZET.

Cette noble chaleur à prendre ma défenſe;
Devroit-elle échaper à ma reconnoiſſance?
Ah, deſtins oppoſés! Où m'avez-vous réduit?
Mais, Prince, en ma faveur la pitié vous féduit:
Songez mieux qu'ennemi de vous, de votre pere,
J'ai trop bien de tous deux mérité la colére.
Ne regardez en moi qu'un voiſin dangereux,
Qui porta dans la Gréce & le fer & les feux.
Cet oubli magnanime augmente votre gloire;
Mais je perdrois la mienne en voulant vous en croire,
En laiſſant hazarder des jours plus précieux,
Pour défendre des jours qui me font odieux.
Ah! Prince, il doit ſuffire au deſtin qui m'opprime,
De voir que Bajazet ſoit toujours ſa victime.
Laiſſez, laiſſez-moi ſeul épuiſer ſa rigueur.
Eh! Pourquoi voulez-vous partager mon malheur?
Si le Ciel vous avoit placé dans ma famille;
Si vous étiez mon fils! ....

ANDRONIC.

Mais.... Elle eſt votre fille!

BAJAZET.

Quoi, Prince?

ANDRONIC.

J'ai trahi mon funeſte ſecret!
Mais il peut être enfin connu de Bajazet.

ASTE'RIE.

Ciel!

BAJAZET.

Qu'entends-je ?

ANDRONIC.

Oui, Seigneur , j'adore la Princeſſe,
Ah ! je remarque trop que ce diſcours vous bleſſe.
Pardonnez à l'état où le ſort nous réduit,
Seigneur , de cet aveu je n'attends point de fruit.
Criminel à regret, Amant ſans eſperance,
Je ne voi que la mort pour finir ma ſouffrance.
J'ai moi-même déja prononcé mon Arrêt,
La gloire a prévalu ſur tout autre interêt.
Je n'ai point à ſes vœux abandouné mon ame ,
J'ai toujours oppoſé mon devoir à ma flâme.
J'aimois, hélas ! j'aimois , quand le Ciel en courroux,
Me força de tourner mes armes contre vous.
Quelque ſoit maintenant l'ennui qui me dévore ,
J'ai fait ce que j'ai dû : je le ferois encore.
Mais je reſpire enfin ; trop heureux de pouvoir,
Accorder une fois ma flâme & mon devoir !
Oui, je veux que ce jour à Tamerlan funeſte ,
Renverſe des projets que tout mon cœur déteſte.
Je veux, pour vous tirer de ſes barbares mains ,
Que mon ſang , s'il le faut , vous trace des chemins ;
Et que ne craignant plus pour un Pere qu'elle aime ,
La Princeſſe , à ſon gré, diſpoſe d'elle-même.
Je ne me flatte point de pouvoir l'obtenir ,
C'eſt trop d'oſer l'aimer ; & je vais m'en punir.
Que j'obtienne du moins le ſeul bien que j'eſpere ;
En courant expier un crime involontaire ;

Et ne me privez point de l'immortel honneur,
D'avoir auparavant afluré ſon bonheur.

BAJAZET.

De ſemblables diſcours ont de quoi me confondre :
Dans des temps moins cruels je ſçaurois vous répondre.
Le ſang dont vous ſortez, votre amour généreux,
Mon eſtime .... En un mot, vous pourriez être heureux.
Je ne m'offenſe point d'un aveu qui m'étonne ;
Mais, Prince, le deſtin autrement en ordonne.
L'heure avance qui doit me conduire à la mort ;
Et ma fille n'eſt pas maîtreſſe de ſon ſort.
Si le Ciel daigne un jour finir ſon eſclavage,
Elle peut approuver un vertueux hommage,
Vivez dans cet eſpoir.

ANDRONIC.

Ah ! Madame ! Ah ! Seigneur,
Vous pouvez, d'un ſeul mot, achever mon bonheur.
Approuvez mes deſſeins ; Conſentez....

ASTE'RIE.

Oui, mon Pere,
Laiſſez-nous conſerver une tête ſi chere.
Voulez-vous être ſeul inſenſible à mes maux ?
Voulez-vous me creuſer des abîmes nouveaux ?
Quel autre ſoutiendra votre triſte famille ?

(Elle ſe jette à ſes pieds.)
Ou donnez-moi la mort, ou vivez.

BAJAZET.

Ah, ma fille !

ANDRONIC *se jettant aussi aux pieds da Bajazet.*
Seigneur! Daignez enfin écouter nos soûpirs.

BAJAZET.
Levez-vous mes enfans. Je céde à vos desirs.
Allons. Puisse le fort nous être moins contraire !
Je le souhaite , hélas ! plus que je ne l'espere.
      (*à Andronic.*)
Songez que j'ai voulu vous souftraire à ses coups,
      (*à Aftérie.*)
Ma fille , en le perdant tu perdras ton Epoux.

Fin du quatriéme Acte.

ACTE V.

SCENE PREMIERE.

ASTE'RIE *seule.*

Quels nouveaux transports ai-je livré mon
    ame ?
La voix de mon devoir n'accuse plus maflâme ;
Destin, as-tu changé tes injustes Arrêts ?
Ou veux-tu m'exposer à de nouveaux regrets !
De quels pressentimens je me sens tourmentée !
Andronic ne vient point ! mon Pere m'a quittée !
L'un & l'autre en ce lieu je devois les revoir,
Ah ! rien ne peut calmer mon affreux désespoir.
Cher Amant, cher Epoux, souviens-toi que je t'aime ;
Songe à te conserver pour un autre toi-même.
Je sçai trop que ton cœur ne connoît point l'effroi,
Ah ! ménage des jours qui ne sont plus à toi.

Bajazet!... Andronic!... Je ne voi rien paroître,
Où les chercher ? Hélas ! ils expirent peut-être !
Tout semble m'annoncer que le Ciel en courroux ....

SCENE II.

ASTE'RIE, ZAIDE.

ASTE'RIE.

Zaïde!... Parle donc ! As-tu vû mon Epoux?
As-tu vû Bajazet ? Dissipe mes allarmes :
Viennent-ils ? Ah, grand Dieu ! je vois couler tes larmes !
C'en est fait, & tu crains de me le déclarer !
Mais parle ; achéve enfin de me déesperer.

ZAIDE.

De surprise, de joie, & d'horreur pénétrée,
Je venois vous trouver, quand ils m'ont rencontrée.
Andronic m'aperçoit ; " Il est temps d'éclater,
„ Dit-il, en ce moment je ne puis m'arrêter ;
„ Et se couvrant les yeux pour cacher sa tristesse,
„ Retourne, poursuit-il, retourne à ta maîtresse ;
„ Va, ne la quitte plus ; & puissent aujourd'hui,
„ Tes efforts plus heureux soulager son ennui !
„ La rage du Tyran ne trouve point d'obstacle,
„ J'esperois empêcher un barbare spectacle.
„ Nos desseins sont connus ; & l'instant n'est pas loin ....
„ Mais le triste Andronic n'en sera pas témoin.

,, Adieu. Je vais mourir, digne de fa tendreſſe,
,, Et mon dernier soûpir.... A ces mots, il me laiſſe;
Il ſort; & mille cris pouſſés juſques au Cieux,
M'annoncent la fureur d'un combat odieux.
Ils ſont aux mains, Madame.

ASTE'RIE.

Et je reſpire encore!
Et j'attends en ce lieu qu'un Tyran que j'abhorre,
Se preſente à mes yeux de leur ſang tout couvert!
Zaïde, le chemin nous eſt encore ouvert.
Allons, épargnons-nous cette image funeſte;
Et profitons du moins d'un inſtant qui nous reſte.
Mais j'apperçoi déja ce monſtre furieux,
Ah! fuïons. Mon malheur eſt écrit dans ſes yeux.

SCENE III.

TAMERLAN, ODMAR, GARDES.

TAMERLAN.

EH bien! avois-je tort d'obſerver ſa conduite?
Croi-moi, depuis long-temps il préparoit leur fuite,
A quelle extrêmité j'allois être réduit!
Bien-tôt, à la faveur des ombres de la nuit,
Le Perfide couvrant leur retraite & ſon crime,
A mon amour trahi déroboit ſa victime.

As-tu vû fa fureur, lorfque mille flambeaux,
Ont de fes Grecs frappés éclairé les Tombeaux ?
Le péril plus certain irritoit fon courage,
Ma préfence furtout a redoublé fa rage.
Ma Garde l'entouroit ; mais foudain renverfés ,
Les uns par la fraïeur lâchement difperfés ,
Les autres fuccombans fous fa main meurtriere,
Tous enfin n'oppofoient qu'une foible barriére.
Il vouloit jufqu'à moi fe fraïer un chemin.
Je ne l'épargne plus en voïant fon deffein,
Je cours. Nous nous joignons : & la cherchant peut-être,
Il reçoit une mort trop belle pour un Traître.
Qui m'eût dit, quand mon bras voloit à fon fecours,
Que je verrois le fien armé contre mes jours ?
Jufqu'où peut égarer une aveugle tendreffe !
N'eft-ce plus Bajazet qui défola la Gréce ?
D'un mortel Ennemi coupable Protecteur,
Andronic attentoit fur fon Libérateur !
Quel prix de mes bontés ! Enfin il eft fans vie :
Tout fon Sang a payé fa noire perfidie.
Et je viens de goûter le plaifir fans égal,
De faire fous mes coups expirer mon Rival.
Bajazet, par tes foins eft arrêté lui-même :
Il ne peut échaper à ma fureur extrême :
Le Sang de mes Sujets immolés par fon bras
Sera bien-tôt vengé par un affreux trépas.
Mais Aftérie enfin....

ODMAR.

ODMAR.

Seigneur, on répond d'elle,
Axalle en est chargé : Vous connoissez son zéle.
Je l'instruisois encor de vos justes fraïeurs,
Quand des cris redoublés nous font voler ailleurs ;
Et tandis que suivi de fideles cohortes,
Du Palais à l'instant il a saisi les portes ;
Un autre Bataillon s'avançant sur mes pas,
A rencontré des Grecs commandés par Arcas.
Ils nous ont quelque temps disputé le passage :
Mais le nombre bien-tôt étonnant leur courage,
Ils cherchoient par la fuite à conserver leurs jours.
Quand Bajazet paroît, & vole à leur secours;
Ce Héros indigné les joint & les arrête.
Sa valeur fait sur nous retomber la tempête.
Le Soldat est troublé du feu de ses regards.
La mort à ses côtés vole de toutes parts.
Se voyant presque seul il devient plus terrible.
Je m'opposois en vain à son bras invincible ;
Et sans doute il alloit pénetrer jusqu'à vous,
Au moment qu'Andronic a péri sous vos coups,
Frappé de cet aspect, sa fureur l'abandonne.
On saisit ce moment ; on court, on l'environne.
Il nous laisse approcher ; & comme indifférent,
Sans plus daigner combattre, il s'arrête, & se rend.

TAMERLAN.

Qu'on l'améne en ces lieux.

E

SCENE IV.

TAMERLAN *seul.*

CEſſons de nous contraindre.
Tout eſt pour nous enfin ; je n'ai plus rien à craindre.
D'un Rival odieux la mort m'a délivré.
Que dis-je ? mon bonheur eſt-il plus aſſuré ?
De quel front ſoutenir les regards d'une Amante ,
Qui de ce ſang trop cher verra ma main fumante ?
Je ſuis maitre après tout ; je puis ce que je veux.
Qu'il ne lui reſte rien pour traverſer mes vœux !
Plus de ménagement ; plus de pitié frivole.
Cet horrible complot dégage ma parole ;
Et peut-être mon ſort dépend de ce moment.
Non , ne différons plus un juſte châtiment.
Ils ont trop excité la fureur qui m'inſpire.
Andronic a péri ; que Bajazet expire !
Rempliſſons ma vengeance ; & que ſur leur tombeau
L'Hymen , en frémiſſant , allume ſon flambeau.
J'ai perdu tout eſpoir de gagner l'inhumaine.
Amour ! Vien triompher dans les bras de la haine.

SCENE V.

BAJAZET, TAMERLAN, ODMAR; GARDES.

TAMERLAN à Bajazet.

Malheureux! Sçais-tu bien où l'on conduit tes pas,
Et quel sera le fruit de tes noirs attentats?
Tu regardes ce sang versé, pour te défendre :
Tremble en voïant la main qui vient de le répandre.
Un supplice nouveau pour toi seul inventé.....

BAJAZET.

Crois-tu que Bajazet puisse être épouvanté ?
Prononce mon arrêt ; ta fureur m'est connue.
Mais le trépas enfin m'épargnera ta vûe.
Ce supplice pour moi passe tous les tourmens.

TAMERLAN.

Je jouirai du moins de tes derniers momens.
Gardes, approchez-vous.

BAJAZET.

Ah! Qui vois-je paroître?

SCENE VI.

ASTE'RIE, BAJAZET, TAMERLAN,
ZAIDE, ODMAR, GARDES.

ASTE'RIE.

SEigneur, de mon deſtin Tamerlan n'eſt plus maître.
Ne craignez rien.

TAMERLAN.

Qui peut te ſouſtraire à mes loix ?

ASTE'RIE.

Arrête. Ecoute-moi pour la derniere fois.
Je ne veux point ici rappeller la mémoire
De tous les attentats qu'a produits ta victoire.
Tu m'aimas : mais mon pere, indignement traité ;
Laiſſoit-il quelque eſpoir à ta témérité ?
Eſt-ce pour ſon Tyran que l'on devient ſenſible ?
Je te dis plus : Mon cœur n'étoit pas infléxible
A des vœux innocens....

TAMERLAN.

Ingrate ! ....

ASTE'RIE.

Ecoute-moi.

TAMERLAN.

Andronic ! ....

ASTE'RIE.

Il eſt vrai qu'il a reçû ma foi.

Dans la nuit du tombeau quand tu l'as fait defcendre,
L'un & l'autre liés par l'amour le plus tendre....
Cet aveu ne doit point exciter ton courroux.
Il eft mort ; & de plus, il eft mort par tes coups.
Après m'être affuré les moyens de le fuivre....

BAJAZET.

Aftérie !

ASTERIE.

Oui, Seigneur, je vais ceffer de vivre.
Un poifon dévorant....

TAMERLAN.

Grand Dieu ! Qu'ai-je entendu !.....

BAJAZET.

O ma fille !

ASTE'RIE.

Seigneur, j'ai fait ce que j'ai dû.
Tu pleures, Tamerlan ! Si ma perte t'accable,
D'un effort généreux ton cœur eft-il capable ?

TAMERLAN.

Ah ! Vivez.

ASTE'RIE.

C'en eft fait. Tes foins font fuperflus ;
Mais force-moi du moins à ne te haïr plus :
Au défaut de mon cœur mérite mon eftime.

TAMERLAN.

Parlez. Tous vos defirs....

ASTE'RIE.

Sont d'empêcher un crime ?

Sont de fauver mon pere en cette extrémité.
Qu'il vive, & qu'il obtienne enfin la liberté ;
J'ofe encore l'efpérer. Dis-moi fi je m'abufe.

TAMERLAN.

Oui, j'accorde fa grace.

BAJAZET *fe frapant d'un poignard qu'il tenoit caché.*

Et moi, je la refufe.

Adieu, ma fille.

ASTE'RIE *tombe morte dans les bras de Zaïde.*

O Ciel !

SCENE VII. & derniére.

TAMERLAN, ODMAR.

TAMERLAN.

Ils expirent tous deux !
Que vois-je ! Qu'ai-je fait ! Où fuir ? Ah monftre affreux !
Regarde les effets de ta lâche furie.
Tout périt ; Andronic, Bajazet, Aftérie ;
Le fang de tous côtés rejaillit fur mes pas.

ODMAR.

Ah ! Seigneur, dans ce lieu ne vous arrêtez pas.
Permettez....

TAMERLAN.

Laiffe-moi ; ton amitié m'outrage :
Laiffe-moi, malheureux ! Fui, redoute ma rage.

Je ne me connois plus dans ces affreux momens.
O crime! O de ma honte éternels monumens!
Inutiles remords! Trop funeste foiblesse!
Suis-je encor le vengeur & l'appui de la Gréce?
Ah! Quitte ces grands noms, malheureux Tamerlan!
Prens celui qui t'est dû; tu n'es plus qu'un Tyran.

Fin du cinquiéme & dernier Acte.

VERS

Qui ont été dits dans les dernières représentations à la fin de la sixiéme Scéne du cinquiéme Acte.

ASTE'RIE.

Sont d'empêcher un crime;
Sont de sauver mon pere en cette extrémité.
Qu'il vive, & qu'il obtienne enfin la liberté!

TAMERLAN.

Oui, j'accorde sa grace.

BAJAZET.

Oses-tu te promettre
Qu'à cette indignité je veuille me soumettre?
Moi, prolonger mes jours après un vain effort,
Qui n'a produit, hélas, que ma honte & sa mort?
Tamerlan, il est temps que je te désabuse:
Tu m'accordes ma grace! Et moi, je la refuse.

(Il se frape.)

Adieu, ma fille.

ASTE'RIE *mourante.*

O Ciel!